CHV

ILYA KAMINSKY

REPUBLIK
DER TAUBHEIT

Aus dem Englischen
von Anja Kampmann

Hanser

Die amerikanische Originalausgabe erschien 2019
unter dem Titel *Deaf Republic* bei Graywolf Press in Minneapolis.

2. Auflage 2022

ISBN 978-3-446-27273-6

Interior illustrations by Jennifer Whitten
First published in the United States by Graywolf Press

Umschlag: Peter-Andreas Hassiepen, München
Motiv: © Pimpay/Getty Images
Satz im Verlag
Druck und Bindung: Friedrich Pustet, Regensburg
Printed in Germany

FSC
www.fsc.org
MIX
Papier aus verantwortungsvollen Quellen
FSC® C014889

In Erinnerung an Ella und Viktor Kaminsky
Für Katie Farris

WIR LEBTEN GLÜCKLICH WÄHREND DES KRIEGES

Und als sie die Häuser der anderen zerbombten

protestierten wir,
aber nicht genug, wir waren dagegen, aber nicht

genug. Ich lag
in meinem Bett, um mein Bett ging Amerika

zugrunde: unsichtbares Haus um unsichtbares Haus um unsichtbares
    Haus –

Ich stellte einen Stuhl hinaus und betrachtete die Sonne.

Im sechsten Monat
dieser verhängnisvollen Herrschaft im Haus des Geldes

in der Straße des Geldes in der Stadt des Geldes im Land des Geldes,
unserem großartigen Land des Geldes, lebten wir (vergib uns)

glücklich während des Krieges.

REPUBLIK
DER TAUBHEIT

DRAMATIS PERSONAE

EINWOHNER DER STADT VASENKA – der Chor, das »Wir«, das die Geschichte erzählt, und auf den Balkonen liebkost der Wind die Wäscheleinen.

ALFONSO BARABINSKI – Puppenspieler, frisch verheiratet mit Sonya, und das »Ich« im ersten Akt.

SONYA BARABINSKI – die beste Puppenspielerin von Vasenka, frisch verheiratet mit Alfonso und schwanger.

KIND – in Sonya, seepferdchengroß, schlafend und später Anuschka.

PETYA – tauber Junge, Sonyas Cousin.

MOMMA GALYA ARMOLINSKAYA – Besitzerin der Puppenbühne, führt Aufstand an und das »Ich« im zweiten Akt.

GALYAS PUPPENSPIELERINNEN – unterrichten Gebärden vom Balkon des Theaters, als würden sie den Verkehr regeln:

für *Soldat* – Finger wie ein Schnabel, der ein Auge pickt
für *Spitzel* – Finger picken beide Augen
für *Armeejeep* – geballte Faust rückt vor

SOLDATEN – werden nach Vasenka entsandt, um »unsere Freiheit zu verteidigen«, und sprechen eine Sprache, die niemand versteht.

PUPPEN – hängen an Türen und Veranden der Familien der Verhafteten, nur eine Puppe liegt auf dem Pflaster; eine Frau mittleren Alters trägt ein Kind wie einen gebrochenen Arm, und ihr Mund füllt sich mit Schnee.

ERSTER AKT

DIE EINWOHNER DER STADT ERZÄHLEN DIE GESCHICHTE VON SONYA UND ALFONSO

Stadt

SCHUSS

Unser Land ist die Bühne.

Seit die Soldaten in die Stadt einmarschierten, sind öffentliche Versammlungen verboten. Aber heute scharen sich die Nachbarn zur Klaviermusik um Sonyas und Alfonsos Puppenspiel auf dem Marktplatz. Einige von uns sind in die Bäume geklettert, andere verbergen sich hinter Bänken und Telegrafenmasten.

Als Petya, der taube Junge in der ersten Reihe, niesen muss, fällt die Wachtmeisterpuppe kreischend in sich zusammen. Steht dann wieder auf, schnaubt und droht dem lachenden Publikum mit der Faust.

Ein Armeejeep biegt auf den Platz, spuckt seinen eigenen Wachtmeister aus.

Sofort auseinander!

Sofort auseinander!, äfft die Puppe in einem hölzernen Falsetto. Alle erstarren, außer Petya, der noch immer kichert. Jemand legt ihm eine Hand vor den Mund. Der Offizier wendet sich zu dem Jungen, hebt seinen Finger.

Du!

Du!, die Puppe hebt einen Finger.

Sonya sieht ihre Puppe an, die Puppe sieht den Inspektor an, der Inspektor sieht Sonya und Alfonso an, aber wir Übrigen sehen zu Petya, der sich zurücklehnt, all seine Spucke im Rachen sammelt und sie abfeuert, auf den Offizier.

Das Geräusch, das wir nicht hören, schreckt die Möwen vom Wasser.

BEIM ABMARSCH DER SOLDATEN BEDECKT ALFONSO DAS GESICHT DES JUNGEN MIT EINER ZEITUNG

Vierzehn Leute, die meisten von uns Fremde,
sehen zu Sonya, die vor Petya kniet,

mitten auf der Straße erschossen.
Sie hebt seine Brille auf, die Brillengläser glänzen wie zwei Münzen,
schiebt sie ihm vorsichtig auf die Nase.

Betrachte diesen Moment
– wie er sich krümmt –

Schnee fällt, und die Hunde laufen durch die Straße wie Sanitäter.

Vierzehn von uns sehen zu:
Sonya küsst seine Stirn – ihr Schrei ein Loch

in den Himmel gerissen, lässt es die Parkbänke und Verandalichter flirren.
Wir sehen in Sonyas offenem Mund

die Nacktheit
einer ganzen Nation.

Sie streckt sich
neben den kleinen Schneemann, der ein Nickerchen hält, mitten auf der Straße.

Das Land macht sich davon, als hielte es seinen schwabbelnden Bauch.

ALFONSO, IM SCHNEE

Du lebst, flüstere ich mir zu, *etwas in dir kann noch hören.*

Etwas rennt die Straße hinunter, stürzt, kommt nicht wieder hoch.
Ich renne et cetera mit meinen Beinen und Händen hinter
meiner schwangeren Frau et cetera die Vasenkastraße entlang ich
    renne es
braucht nur ein paar Minuten et cetera und man wird zum Mann.

TAUBHEIT, EIN AUFSTAND, BEGINNT

Unser Land erwachte am nächsten Morgen und weigerte sich, die Soldaten zu hören.

Im Namen Petyas verweigern wir uns.

Um sechs Uhr früh, als die Soldaten in den Gassen den Mädchen Komplimente machen, huschen sie beiseite und zeigen auf ihre Ohren. Um acht knallt die Ladentür der Bäckerei dem Soldaten Ivanoff vors Gesicht, obwohl er ihr bester Kunde ist. Um zehn schreibt Momma Galya mit Kreide NIEMAND KANN EUCH HÖREN an die Tore der Soldatenbaracken.

Gegen elf Uhr vormittags beginnen die Verhaftungen.

Unser Gehör lässt nicht nach, aber etwas Stilles in uns richtet sich auf.

Nach der Ausgangssperre hängen die Familien der Verhafteten selbstgemachte Puppen aus den Fenstern. Die Straßen leer, bis auf das Knarzen der Schnüre und das *Klopfklopf* gegen die Gebäude, von hölzernen Fäusten und Füßen.

In die Ohren der Stadt fällt Schnee.

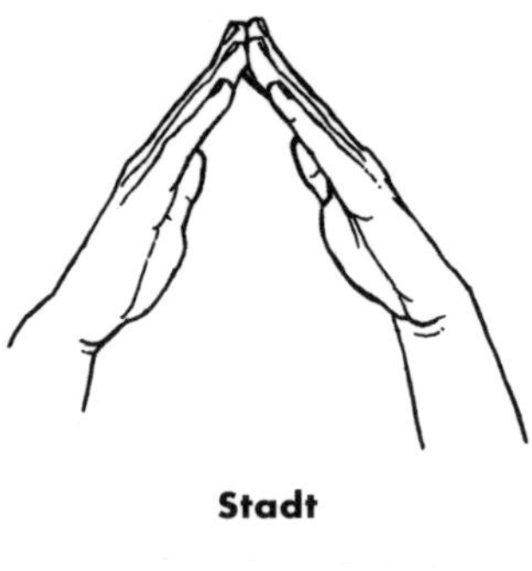

Stadt

ALFONSO STEHT REDE UND ANTWORT

Leute, ihr wart wirklich so verdammt großartig
am Morgen der ersten Verhaftungen:

Unsere Männer, sonst ängstlich in ihren Betten verkrochen, stehen nun
aufrecht wie menschliche Masten –
die Taubheit durchfährt uns wie ein Polizeipfiff.

Hier also
bekenne ich:

Jeder von uns
kommt heim, schreit eine Wand an, einen Ofen, einen Kühlschrank, sich
selbst. Vergib mir, ich

war nicht ehrlich zu dir,
Leben –

dir stehe ich Rede und Antwort.
Ich renne et cetera mit meinen Beinen und Händen et cetera ich renne
die Vasenkastraße entlang et cetera –

Wer auch immer zuhört:
Danke für die Feder auf meiner Zunge,

Danke für unseren Streit, der nun endet, danke für die Taubheit,
Gott, so ein Feuer

aus einem Streichholz, das du nie entzündet hast.

DIESE KARTE AUS KNOCHEN UND OFFENEN ADERN

Ich sah, wie der Offizier zielte, wie der taube Junge Eisen und Feuer
schluckte mit seinem Mund –
sein Gesicht auf dem Asphalt,
diese Karte aus Knochen und offenen Adern.
Es ist die Luft. Etwas in der Luft verlangt zu viel von uns.
Die Welt ist still.
Die Wachen am Turm essen Gurkenbrote.
An diesem ersten Tag
untersuchen Soldaten die Ohren von Kneipenwirten, Buchhaltern,
Soldaten –
der üble Dreck, den die Stille mit den Soldaten anrichtet.
Sie reißen Goras Frau vom Bett wie eine Tür von einem Bus.
Betrachte diesen Moment
– wie er sich krümmt –
Der Körper des Jungen liegt auf dem Asphalt wie eine Büroklammer.
Der Körper des Jungen liegt auf dem Asphalt
wie der Körper eines Jungen.
Ich berühre die Wände, fühle den Puls des Hauses, und ich
starre sprachlos hinauf und weiß nicht, weshalb ich noch lebe.
Wir schleichen durch diese Stadt,
Sonya und ich,
zwischen Theatern und Gärten und schmiedeeisernen Toren –
Seid mutig, sagen wir, doch niemand
ist mutig, als ein Geräusch, das wir nicht hören,
die Vögel vom Wasser aufschreckt.

DIE EINWOHNER DER STADT UMRINGEN DEN KÖRPER DES JUNGEN

Der Körper des toten Jungen liegt noch immer auf dem Platz.

Sonya umarmt ihn auf dem Pflaster. In ihrem Inneren – ihr Kind schläft. Momma Galya bringt Sonya ein Kissen. Ein Mann im Rollstuhl bringt eine Flasche Milch.

Alfonso liegt neben ihnen im Schnee. Schlingt einen Arm um ihren Bauch. Legt eine Hand auf die Erde. Er hört die Wagen anhalten, Türen schlagen, Hunde bellen. Als er die Hand wieder von der Erde nimmt, hört er nichts mehr.

Hinter ihnen liegt eine Puppe auf dem Pflaster, ihr Mund füllt sich mit Schnee.

Vierzig Minuten später ist es Morgen. Soldaten treten wieder auf den Platz.

Die Einwohner stehen Arm in Arm und bilden einen Kreis und einen weiteren Kreis um diesen Kreis und einen weiteren Kreis, um die Soldaten fortzuhalten vom Körper des Jungen.

Wir sehen Sonya aufstehen (das Kind in ihr streckt ein Bein). Jemand hat ihr ein Schild gegeben, das sie hoch über ihren Kopf hält: DIE LEUTE SIND TAUB.

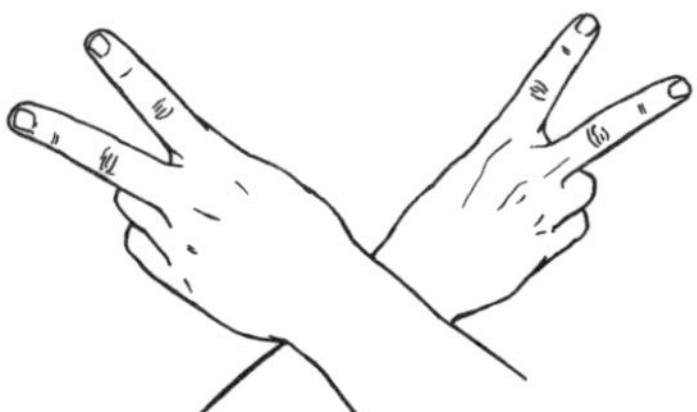

Die Stadt schaut zu

VON HOCHZEITEN VOR DEM KRIEG

Ja, ich habe ein Hochzeitskleid für dich gekauft, groß genug für uns
beide,
und im Taxi nachhaus
ging im Kuss eine Münze von deinem Mund zu meinem.

Die Vermieterin hätte auf dem Laken
einen kleinen Schauer aus Spuren bemerken können –
Engel könnten es anständiger treiben,

aber tun's nicht. Ich kann immer noch
in deine Unterwäsche kraxeln, *mein Arsch*
ist kleiner als deiner!

Du tätschelst meine Wange,
strahlst –
mögest du im Lotto gewinnen und alles für Ärzte ausgeben!

Du bist zwei Fingerbreit schöner als jede andere Frau –
ich bin kein Dichter, Sonya,
ich möchte leben in deinem Haar.

Ich nahm dich huckepack und ich
rannte zur Dusche,
und ja, ich rutschte auf dem nassen Boden –

ich sah dich leuchten unter der Dusche,
beide Brüste
in deinen Händen –

zwei kleine Explosionen.

NOCH JUNGVERHEIRATET

Du kommst aus der Dusche, und das ganze Land wird still –

ein Tropfen Zitronen-Ei-Shampoo,
du riechst nach Bienen,

ein flüchtiger Kuss,
ich weiß nichts über dich – kenne nur die Spuren der Sommersprossen
auf deinen Schultern!,

das macht mich so wahnsinnig

allein.
Ich auf Erden, in meinem Pyjama,

der Penis zeigt hinaus –
jahrelang

in deine Richtung.

SOLDATEN ZIELEN AUF UNS

Sie schießen,
während eine Gruppe von Frauen flieht in den geblähten Nüstern der
Suchscheinwerfer

– möge Gott ein Foto davon haben –

durch die klare Luft der Piazza schleifen die Soldaten Petyas Körper und
sein Kopf
schlägt gegen die Stufen. Ich

spüre durch die Bluse meiner Frau den Umriss
von unserem Kind.

Soldaten ziehen Petya die Stufen hinauf, und streunende Hunde, dürr
wie Philosophen,
verstehen alles und bellen und bellen.

Ich, jetzt auf der Brücke, ohne die Tarnung irgendeiner Rede, ein Körper,
der den Körper meiner schwangeren Frau umschlingt –

Heute Nacht
müssen wir nicht sterben und sterben nicht,

die Welt ist still,
ein Helikopter starrt meine Frau an –

Auf Erden kann ein Mann
nicht mal mit dem Finger in den Himmel zeigen

denn jeder Mann ist bereits
solch ein Finger, ausgestreckt in den Himmel.

Armeekonvoi

Verstecken

KONTROLLPOSTEN

In den Straßen richten die Soldaten Gehör-Kontrollposten ein und nageln Bekanntmachungen an Pfosten und Türen:

> TAUBHEIT IST EINE ANSTECKENDE KRANKHEIT. ZU IHREM EIGENEN SCHUTZ MÜSSEN SICH SÄMTLICHE IM KONTAMINIERTEN GEBIET BEFINDLICHEN PERSONEN INNERHALB VON 24 STUNDEN IN QUARANTÄNE BEGEBEN.

Sonya und Alfonso unterrichten Gebärden auf dem Marktplatz. Wenn eine Streife vorbeikommt, setzen sie sich auf ihre Hände. Wir sehen einen Offizier, der eine Frau anhält auf dem Weg zum Markt, doch sie hört nichts. Er lädt sie auf einen Lastwagen. Hält eine andere an. Sie hört nichts. Er lädt sie auf einen Lastwagen. Eine dritte deutet auf ihre Ohren.

In diesen Straßen ist Taubheit unsere einzige Barrikade.

VOR DEM KRIEG ZEUGTEN WIR EIN KIND

Ich küsste eine Frau,
deren Sommersprossen
die Nachbarn beschäftigen.

Auf ihrer Schulter hatte sie ein Muttermal,
das sie vorzeigte
wie eine Tapferkeitsmedaille.

Ihre zitternden Lippen
hießen *komm ins Bett.*
Ihr Haar, das sich löste, mitten

im Gespräch, hieß
komm ins Bett.
Ich ging durch meine leergefegten Gedanken.

Ja, ich raubte sie, trug sie ins Bett auf dem haarigen Sitz
meiner Arme –
doch geöffnete Lippen

hießen *beiß meine geöffneten Lippen.*
So zu liegen, unter den kühlen
Laken. Sonya!

Wie wir es trieben.

ALS SOLDATEN DAS TREPPENHAUS ERSCHÜTTERN

Als Soldaten die Treppe herauftrampeln –
der lackierte Fingernagel
meiner Frau kratzt

und kratzt
die Haut von ihrem Bein, und ich spüre
die Härte des Knochens darunter.

Das gibt mir Hoffnung.

BOMBARDEMENT 4 UHR FRÜH

Mein Körper rennt durch die Arlemovskstraße, meine Kleider in einer
Kissenhülle:
Ich suche nach einem Mann, der genauso aussieht
wie ich, um ihm meine Sonya zu geben, meinen Namen, mein Hemd –
Es geht los: Nachbarn klettern auf die Straßenbahnwaggons
am Fischmarkt, spalten alles, was war,
entzwei. Waggons zerplatzen in der Sonne wie Gedärm –

Pavel kreischt: *Ich bin so verdammt schön, ich halt's nicht aus!*
Zwei Jungs, die Tomatenbrote noch in den Händen,
springen ins Licht der Straßenbahn, Soldaten zielen auf ihre Gesichter.
Ihre Ohren.
Ich kann meine Frau nicht finden, wo ist meine schwangere Frau?
Ich, ein Körper, erwachsener Mann, harre darauf
zu explodieren wie eine Handgranate.

Es geht los: Ich sehe, wie der blaue Kanarienvogel meines Landes
Brotkrümel pickt von den Lidern der Bürger –
Brotkrümel pickt vom Haar meines Nachbarn –
der Schnee verlässt die Erde und fällt geradewegs nach oben, wie es sich
gehört –
ein Land zu haben, so wichtig –
gegen Mauern, Straßenlaternen, seine Liebsten zu rennen, wie es sich
gehört –
Der blaue Kanarienvogel meines Landes
rennt gegen Mauern, Straßenlaternen, gegen seine Liebsten –
Der blaue Kanarienvogel meines Landes
betrachtet ihre Beine, während sie rennen und fallen.

ANKUNFT

Du erreichst uns am Mittag, kleine Tochter, wiegst nur sechs Pfund. Sonya legt dich aufs Klavier und spielt ein Schlaflied, das niemand hört. Im Kinderzimmer zischelt die Stille wie von einem Streichholz, das man ins Wasser schnippt.

Streichholz

SCHLAFLIED

Regen und Wind
Tochterkind

Schnee und Äste schützen dich
weißgekalkte Wände

und die Hände unserer Nachbarn alle
oh mein Kind aus dem April

kleine Welt von nur
sechs Pfund

mein weißes Haar
erleuchtet deinen Schlaf.

FRAGE

Was ist ein Kind?
Eine Stille zwischen zwei Bombardements.

WÄHREND DAS KIND SCHLÄFT, ENTKLEIDET SICH SONYA

Sie rubbelt mich, bis ich
seifiges Wasser spucke.
Schwein, lächelt sie.

Ein Mann sollte besser riechen als sein Land –
so ist die Stille
einer Frau, die gegen die Stille anspricht, und weiß,

dass Stille uns zum Reden bringt.
Sie wirft meine Schuhe
und Brille in die Luft.

Ich stamme ab von den tauben Menschen
und ich habe
kein Land, aber eine Badewanne und ein Kind und ein Ehebett!

Uns einzuseifen
ist uns heilig.
Einander die Schultern zu waschen.

Vögeln kann man
jeden – aber mit wem kann man schon zusammen
im Wasser sitzen?

EINE ZIGARETTE

Sieh doch –
Vasenkas Einwohner wissen nicht, dass sie Glücksbeweise sind.

In Zeiten des Krieges
ist jeder von ihnen ein herausgerissenes Dokument des Gelächters.

Sieh nur, Gott –
Taube haben etwas zu sagen,
was nicht einmal sie selbst hören können.

Steig auf ein Dach über dem Marktplatz dieser bombardierten Stadt, du
wirst sehen –
ein Nachbar klaut eine Zigarette,
ein anderer gibt einem Hund
ein Glas sonnenhelles Bier.

Du wirst mich finden, Gott,
wie ein stumpfer Taubenschnabel
picke ich
in jeder Richtung am Erstaunen.

EIN HUND WITTERT

Morgen.
In einer ausgebombten Straße bewegt der Wind die Lippen eines Politikers auf einem Plakat. Drinnen trinkt das Kind, dem Sonya den Namen Anuschka gab. Kaum wach berührt Alfonso die Brustwarze seiner Frau, führt eine Milchperle an seine Lippen.

Abend.
Als Alfonso auf der Suche nach Brot auf die Tednastraße hinaustritt, zerrt der Wind an seinem Körper. Drei Jeeps fahren auf den Bordstein: Sonya wird in einen Jeep gezerrt, zum Geschrei von Anuschka, die zurückbleibt, während der Konvoi davonrattert. Die Nachbarn spähen hinter Vorhängen hervor. Stille wie ein Hund wittert an den Fensterscheiben, die uns trennen.

Vorhang

WAS WIR NICHT HÖREN KÖNNEN

Sie stoßen Sonya in den Armeejeep,
an einem Morgen, einem Morgen, einem Morgen im Mai – ein münzheller Morgen –

sie stoßen sie,
und sie fliegt hin und her und windet sich und kullert in einer Stille

die das Geräusch der Seele ist.
Sonya, die einmal sagte: *Am Tag meiner Verhaftung werde ich Klavier spielen.*

Wir sehen vier Männer,
die sie stoßen –

und wir meinen, hunderte alte Klaviere zu sehen, die eine Brücke bilden
von der Arlemowsk- bis zur Tednastraße, und sie

sitzt an jedem Klavier –
und was von ihr bleibt, ist

eine Puppe,
die mit den Fingern spricht,

was von der Puppe bleibt, ist diese Frau, was von ihr
bleibt (sie nahmen dich mit, Sonya) – die Stimme, die wir nicht hören können –, ist die klarste Stimme.

MARKTPLATZ

Die Verhafteten müssen mit erhobenen Armen gehen. Als wären sie dabei, die Erde zu verlassen, und erprobten den Wind.

Für einen Apfel pro Blick stellen die Soldaten Sonya aus, nackt, unter einem Plakat: DIE TRUPPEN KÄMPFEN FÜR EURE FREIHEIT. Schnee wirbelt in ihre Nasenlöcher. Soldaten umzirkeln ihre Augen mit einem roten Stift. Der junge Soldat zielt auf den roten Kreis. Spuckt. Ein anderer zielt. Spuckt. Die Stadt sieht zu. Um ihren Hals ein Schild: ICH HABE MICH DER VERHAFTUNG WIDERSETZT.

Sonya blickt geradeaus, dahin, wo die Soldaten aufgereiht stehen. Plötzlich tönt aus der Stille ihre Stimme: *Bereit!* Die Soldaten legen auf ihr Kommando die Gewehre an.

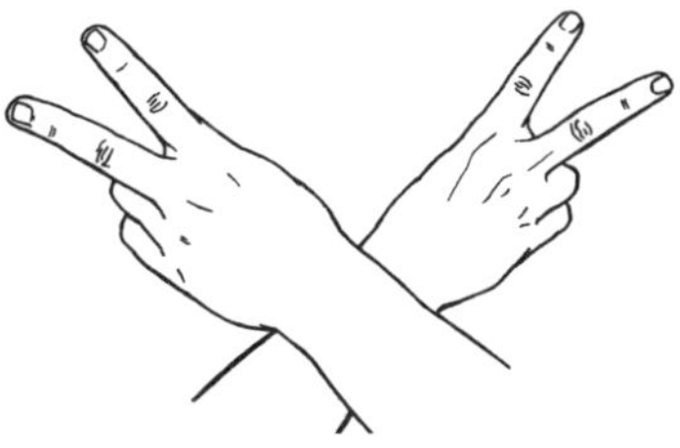

Die Stadt sieht zu

EIN WITWER

Alfonso Barabinski steht auf dem Marktplatz,
ohne Hemd,

schiebt Schnee zusammen und wirft ihn auf
die marschierenden Truppen.

Sein Mund
treibt die erste Silbe des Namens seiner Frau gegen die Wände –

Er, zu Fuß, gut eineinhalb Meilen von Wind,
bricht auf zum Strand, auf Kopfstein und Sand, und hält jede Frau an, die
er trifft –

Alfonso Barabinski, eine Wodkaflasche in der Tasche, beißt ein Loch in
einen Apfel und gießt
in dieses Loch einen Schuss Wodka –

und er trinkt *auf unser Wohl* –
ein Toast auf seine Frau, erschossen im Zentrum der Stadt, wo ihr Körper

liegt.
Alfonso Barabinski, ein Kind in seinen Armen, sprüht auf die Ufermauer:
HIER LEBEN MENSCHEN –

wie ein Analphabet,
der ein Dokument unterschreibt,

das er nicht versteht.

FÜR SEINE FRAU

Ich bin dein Junge,
der in diesem Land ertrinkt und das Wort

für *Ertrinken* nicht kennt
und ruft

Ich tauche nun zum letzten Mal!

ICH, DIESER KÖRPER

Ich, dieser Körper, in den Gottes Hand hineinlangt,
mit leerer Brust, stehe.

Auf der Beerdigung –
Momma Galya und ihre Puppenspielerinnen erheben sich, um mir die
Hand zu schütteln.

Ich wickel unser Kind in ein grünes Taschentuch,
kleines Geschenk.

Du bist gegangen, meine türknallende Frau; und ich,
ein Narr, lebe.

Doch die Stimme, die ich nicht höre, wenn ich mit mir selbst spreche,
ist die klarste Stimme:
als meine Frau mir die Haare wusch, als ich sie küsste

zwischen ihre Zehen –
in den leeren Straßen unseres Viertels rief ein schwacher Wind

nach dem Leben.
Frau entrissen, das Kind

keine drei Tage aus dem Bauch, in meinen Armen, unsere Wohnung
leer, auf dem Boden

der dreckige Schnee ihrer Stiefel.

IHRE KLEIDER

Ihre leuchtenden Kleider
mit den zarten Reißverschlüssen.

Ihre gebügelten
Socken.

Ich stehe
vor dem Spiegel.

Probiere die roten Socken meiner Frau.

ELEGIE

Sechs Wörter,
Gott:

Bitte nimm
das Lied

meinen Lippen.

ÜBER BLAUEN BLECHDÄCHERN, TAUBHEIT

Unsere Jungs wollen eine öffentliche Hinrichtung auf der sonnenhellen
    Piazza.
Sie zerren einen betrunkenen Soldaten herbei, um seinen Hals ein Schild:
ICH HABE DIE FRAUEN VON VASENKA VERHAFTET.
Die Jungs haben keine Ahnung, wie man jemanden umbringt.
Alfonso gebärdet: *Ich töte ihn für eine Kiste Orangen.*
Die Jungs bezahlen eine Kiste Orangen.
Er schlägt ein rohes Ei in eine Tasse,
riecht das Prickeln von Orangen im Schnee
und stürzt das Ei hinunter wie ein Glas Wodka.
Er wäscht sich die Hände, er zieht rote
Socken an, er tastet mit der Zunge nach dem verlorenen Zahn.
Die Mädchen spucken dem Soldaten in den Mund.
Eine Taube landet auf einem Stoppschild und bringt es zum Schwingen.
Ein schwachsinniger Junge
flüstert: *Lang lebe die Taubheit!* und bespuckt den Soldaten.
In der Mitte der Piazza
fleht ein Soldat auf Knien, aber die Einwohner schütteln nur die Köpfe,
    zeigen auf ihre Ohren.
Taubheit schwebt über blauen Blechdächern
und Kupfertraufen; Taubheit
zehrt von Birken, Laternenmasten, Krankenhausdächern, Glocken;
Taubheit ruht in den Brüsten unserer Männer.
Unsere Mädchen gebärden: *Los jetzt.*
Unsere Jungs, verschwitzt und sommersprossig, bekreuzigen sich.
Morgen wird man uns erkennen wie die dünnen Rippen von Kötern,
aber heute Nacht

sind wir zu gleichgültig, um zu lügen:
Alfonso stürzt sich auf den Soldaten, umklammert ihn, sticht ihm bis in die Lunge.
Der Soldat fliegt quer über den Gehsteig.
Die Stadt sieht die grellen Tierknochen
in den eigenen Gesichtern und riecht die Erde.
Die Mädchen schließlich stehlen die Orangen
und verbergen sie in ihren Hemden.

EINE STADT WIE EINE GUILLOTINE, DIE AUF DEM WEG ZUM HALS ZITTERT

Alfonso stolpert fort vom Leichnam des Soldaten. Die Bewohner kreischen, freudig, klopfen ihm auf den Rücken. Die Zuschauer auf den Bäumen applaudieren von den Ästen. Momma Galya ruft etwas über Schweine, Schweine so sauber wie Menschen.

Vor Gottes letztem Gericht wird jeder von uns fragen: Warum hast du all das zugelassen?
Und die Antwort wird ein Echo sein: Warum hast du all das zugelassen?

IN DER LICHTEN HIMMELSHÜLLE

Bist du das, kleine Seele?
Manchmal in der Nacht entzünde ich

ein Licht, um nicht
zu sehen.

Ich schleiche umher,
während Anuschka

in meinen Händen
schlummert:

auf meinem kahl werdenden Kopf, ihr Häubchen.

ZU LEBEN

Zu leben heißt zu lieben, so steht es geschrieben
aber Liebe allein ist nicht genug –

das Herz braucht ein paar Albernheiten!
Für unser Kind falte ich eine Zeitung, bastel einen Hut

und spiele Sonya vor, ich wäre ein großer Dichter,
und sie spielt, sie wäre am Leben –

meine Sonya, ihre Geschichten und ihre eloquenten Beine,
ihre Beine und Geschichten, die zu weiteren Geschichten führen.

(Hör auf zu quasseln, wenn wir uns küssen!)
Ich sehe mich selbst – eine gelbe Regenjacke,

ein Brot, ein Stück Tomate zwischen den Zähnen,
ich hebe unseren Säugling Anuschka zum Himmel –

(*Alter Narr,* hätte meine Frau vielleicht gelacht)
ich singe, als sie auf meine Stirn

und meine Schultern pinkelt!

DIE BEWOHNER SEHEN DABEI ZU, WIE SIE ALFONSO MITNEHMEN

Jetzt ist jeder von uns
im Zeugenstand:

Vasenka sieht, wie wir den vier Soldaten zusehen, die Alfonso
Barabinski auf den Gehsteig schleudern.
Wir lassen zu, dass sie ihn mitnehmen, wir Feiglinge, allesamt.

Was wir nicht sagen,
tragen wir in unseren Koffern, Manteltaschen, Nasenlöchern.

Drüben auf der anderen Straßenseite spritzen sie ihn mit
Feuerwehrschläuchen ab. Zuerst schreit er, dann nicht mehr.

All das Sonnenlicht –
Ein T-Shirt fällt von einer Wäscheleine und ein alter Mann bleibt stehen,
hebt es auf, drückt es sich vors Gesicht.

Nachbarn drängeln sich, wollen ihn dort sehen, auf den Bürgersteig
geschleudert wie eine Vaudeville-Nummer: *tadaa*.
In all dem Sonnenlicht –

jeder von uns
ist im Zeugenstand:

Sie nehmen Alfonso,
und niemand erhebt sich. Unser Schweigen erhebt sich für uns.

FORT

Ein Soldat marschiert von uns fort, trägt Sonyas und Alfonsos Waisenkind. Auf dem Marktplatz hängt Alfonso an einem Seil. Urin färbt seine Hose dunkel.

Die Puppe seiner Hand tanzt.

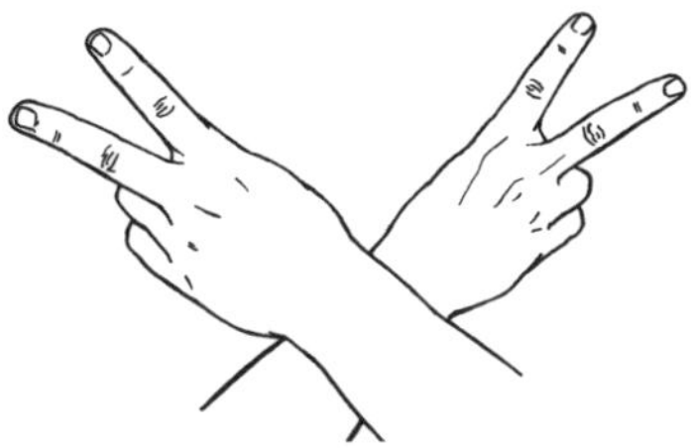

Die Stadt sieht zu

GRABREDE

Du darfst nicht bloß von der großen Zerstörung sprechen –

das haben wir nicht von einem Philosophen,
sondern von unserem Nachbarn, Alfonso –

mit geschlossenen Augen kletterte er auf die Veranden anderer Leute
und rezitierte
seinem Kind unsere Nationalhymne –

Du darfst nicht allein von der großen Zerstörung sprechen –
wenn seine Tochter weinte, dann

bastelte er ihr einen Hut aus Zeitung und quetschte sein Schweigen
zusammen wie zwei Falten eines Akkordeons:

Wir dürfen nicht nur von der großen Zerstörung sprechen –
und er spielte schief auf diesem Akkordeon in einem Land,

in dem das einzige Musikinstrument die Tür ist.

FRAGE

Was ist ein Mann?
Eine Stille zwischen zwei Bombardements.

SO GEHT DIE GESCHICHTE VON STURHEIT UND EIN WENIG LUFT

So geht die Geschichte von Sturheit und ein wenig Luft,
eine Geschichte gebärdet von jenen, die wortlos tanzten vor Gott.
Die umherwirbelten und sprangen. Und die Konsonanten, heiter und leicht
wirbelten im Schutz ihrer tauben Ohren.
In dieser Stille liegen wir flach auf dem Bauch, Gott.

Lasst uns unsere Gesichter im Wind waschen und die harte Kontur der Liebe vergessen –
Gebt der schwangeren Frau etwas aus Lehm in die Hand.
Sie glaubt an Gott, ja, aber auch an die Mütter
ihres Landes, die sich ihre Schuhe ausziehen
und losziehen. Ihre Fußspuren verwischen unsere Syntax.
Lasst ihren Mann auf dem Dach knien und sich räuspern
(denn das Geheimnis der Geduld liegt in der Geduld seiner Frau).
Er, der Dächer liebt, in dieser Nacht, heute Nacht, der mit ihr und ihrem Vergessen Liebe macht,
lasst sie sich das Licht von den Blinden borgen.
Es wird bezeugt werden, bezeugt.
Wenn Helikopter die Straßen bombardieren, wird, was immer sie öffnen, sich öffnen.
Was ist Stille? Etwas vom Himmel in uns.

ZWEITER AKT

DIE EINWOHNER DER STADT ERZÄHLEN DIE GESCHICHTE VON MOMMA GALYA

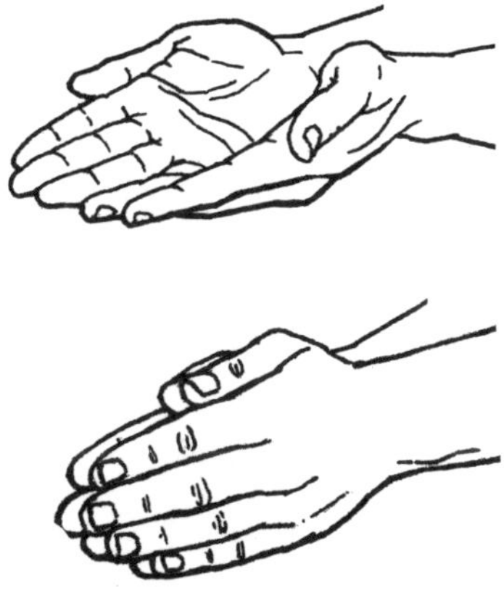

Geschichte

DIE EINWOHNER DER STADT ERZÄHLEN VON GALYA AUF IHREM GRÜNEN FAHRRAD

Momma Galya Armolinskaya, 53, hat mehr Sex als wir alle.
Wenn sie über den Balkon läuft,

richtet ein Soldat *Oh* sich auf,
ein anderer bleibt stehen,
dann das ganze Bataillon.
Wir versuchen, ihr nicht auf die Brüste zu starren –

sie sind überall,
Nippel wie Geschosse.

Um sie zu verhaften,
besuchen die Soldaten
ihr Theater – und kommen Abend für Abend wieder.

Tagsüber zielt Galya mit leeren Milchflaschen auf Kontrollposten:
auf einem grünen Fahrrad
fliegt sie übers Land wie
ein säumiger Milchmann,
Eisränder auf ihren Flaschendeckeln.

Galya Armolinskaya, die glücklichste Frau in unserem Land!
Dein Eisenrad prescht zu leuchtenden
Whiskeygesängen
mitten durch eine vorrückende Soldatenreihe ins

Tageslicht. Du fährst barfuß nur
in kurzen Hosen.

Und pfeifst auf das Gesetz.

ALS MOMMA GALYA DAS ERSTE MAL PROTESTIERTE

Sie zieht an einem Zigarettenstummel und brüllt
einen Soldaten an:
Geh heim! Du hast deine Frau nicht geküsst, seit Noah in See stach!

Madame Momma Galya Armolinskaya, was gäben wir darum, von unseren
Beerdigungen
neben dir in einem gelben Taxi
davonzufahren, zwei Fenster offen,
ganze Brotlaibe hinterließen wir
in den Briefkäste
der Inhaftierten.

Momma Galya Armolinskaya brüllt
durch die nassen Mauern der Allee:
Taubheit ist keine Krankheit! Es ist eine Liebesstellung!

Ein junger Soldat, während der Ausgangssperre auf Streife,
flüstert,
Galya Armolinskaya, oh, Galya Armolinskaya
peitschte einen Leutnant mit der Leine seines eigenen Diensthunds,
und zweiunddreißig Leute sahen zu
(weil ein Bäcker
darauf bestand,
seine Söhne mitzubringen).

In einer Nacht wie dieser hat Gott ein Auge auf sie,
doch sie ist kein Spatz.
In Zeiten des Krieges

zeigt sie uns, wie man die Tür
öffnet und
hindurchgeht,
der wahre Lehrplan aller Schulen.

EIN WÄSCHEBÜNDEL

Auf dem Marktplatz: ein Kontrollposten der Armee. Über dem Kotrollposten hängt Alfonsos Körper noch immer an einem Seil wie eine Puppe aus Wind. Im Hinterzimmer des Kontrollpostens weint der Säugling Anuschka.

Vor dem Kontrollposten erklimmen zwei von Momma Galyas Puppenspielerinnen eine Parkbank und beginnen sich zu küssen, zerwühlen einander das dichte Haar. Die Soldaten feuern sie an und wetten, wie lange sie durchhalten. Die Mädchen lächeln. *Hört auf zu quasseln, wenn wir uns küssen!*

Unbemerkt verlässt Momma Galya den Kontrollpunkt mit einem Wäschebündel, das sie von der Leine des Offiziers gestohlen hat, Anuschka verborgen zwischen den Laken. Schnee ergießt sich aus der Sonne.

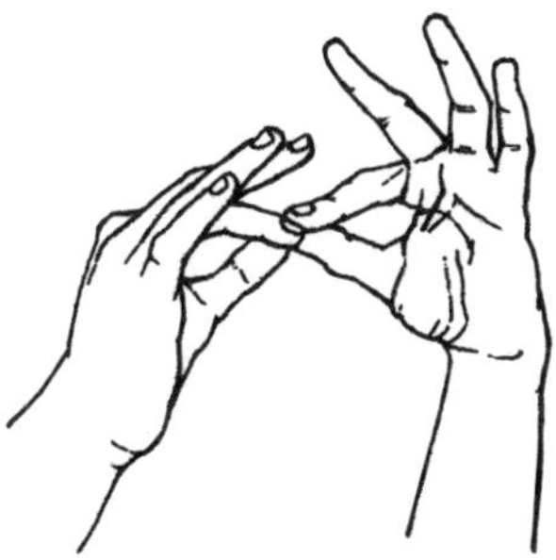

Kuss

WAS SIND TAGE

Wie Männer mittleren Alters
gehen die Maitage
zu Fuß ins Gefängnis.
Wie junge Männer gehen sie ins Gefängnis,
mit Jacken
über ihren Pyjamas.

GALYA FLÜSTERT, WÄHREND ANUSCHKA SICH ANSCHMIEGT

In unseren Alleen zeigen Wahlplakate die verschiedenen Frisuren
eines berühmten Diktators –
und ich, die ich mit 53 Jahren
den Gedanken an ein Kind aufgegeben hatte, ich – (drehe mich zu
meinen Nachbarn und rufe: *Kommt her!*
Kommt her!
Ihr wunderbaren Dummköpfe!

Sie hat gerade auf die Parkbank geschissen, ihr wunderbaren Dummköpfe!
Elternschaft
kostet uns ein wenig Würde)

– Gott sei Dank.

Der Wind fegt Brot von den Marktständen, Budenbesitzer fluchen vor
sich hin,
und der Wind hat schon ein Fahrrad zwischen den Beinen –

aber wenn ich mit einem Wäschekorb draußen durch die Straßen gehe,

ist der Wind wehrlos,
so groß ist sein Verlangen, diese Häubchen zu berühren, diese Söckchen.

GALYAS PUPPENSPIELERINNEN

Hinter dem Vorhang des Theaters lässt eine Puppenspielerin ihre Lippen über den Penis des Soldaten Ivanoff gleiten. Er greift ihr ins Haar und presst sie fester an sich. Sie nimmt die Hand fort, küsst ihn dabei weiter. Als seine Hand wieder in ihrem Haar ist, hört sie auf, schaut zu ihm auf und gebärdet: *Benimm dich.* Er trinkt noch einen kräftigen Schluck von seinem Wodka. Sie nimmt ihn in den Mund und schließt die Augen. Gleitet, schneller und schneller.

Schön sind die Frauen aus Vasenka, wunderschön. Als sie seine Handfläche leckt, lacht er auf. Als er schließlich das Bewusstsein verliert, erwürgt sie ihn mit einer Marionettenschnur. Die Schlange stehenden Soldaten, die unten auf Momma Galya anstoßen, bemerken nicht, wie die Puppenspielerinnen den Körper zur Hintertür hinauszerren.

Schön sind die Frauen aus Vasenka, wunderschön.

Na, mein Süßer. Die Tür öffnet sich, und sie winkt den nächsten Soldaten herein.

Benimm dich

WÄHREND DES BOMBARDEMENTS, GALYA

Am siebenundzwanzigsten Tag der Luftangriffe habe ich
nichts als meinen Körper, und die Wände dieser leeren Wohnung beben
    und beben wie Lungenflügel.

Wie sage ich, dass ich nur etwas Ruhe will: ich, eine taube Frau, will
    etwas Ruhe, ich will etwas Ruhe;
ich mitten im

Kinderzimmer, wo die Erde von mir verlangt, wo die Erde
zu viel von mir verlangt, ich

(bevor ich mein stotterndes Herz und den Schlaf aufgebe) schätze
unsere Kraft – eine Frau und ein Kind.

Dieser Körper, von dem aus ich Zeugnis ablege, ist ein Fernglas, durch
    das du schaust, Gott –
ein Kind umklammert einen Stuhl,

während die Soldaten (ihre Gesichter von Worten ganz ausgebeult)
    meine Leute gefangen nehmen, ich
renne, und die Fahne ist das Handtuch, an dem sich der Wind die Hände
    trocknet.

Während sie die Türen zu meiner leeren Wohnung
abreißen – bin ich in einer anderen Wohnung und lächle, weil das Kind
    einen Stuhl umklammert

und auf dich und mich
zuschwankt, Gott.

Ich klatsche und bejubel
ihre ersten Schritte,

ihre ersten Schritte, ungeschützt wie alle.

DIE KLEINEN BÜSCHEL

Während die Junitage wie Männer mittleren Alters
zu Fuß ins Gefängnis gehen,
schneide ich Anuschkas Haar:
auf ihrer Schulter
auf ihrer Schulter
häufen sich die kleinen Büschel.

*

Ich bin sterblich –
ich döse.

*

Anuschka, dein Pyjama –
er ist der letzte Sinn meines Lebens.

Dich dazu zu bringen, einen Pyjama anzuziehen,
Anuschka!

So viel, wofür es sich zu leben lohnt.

*

Ins Bett, Anuschka!

Ich bin nicht taub,
ich habe der Welt nur befohlen,

ihre irre Musik für eine Weile leiser zu stellen.

GALYAS TOAST

Auf deine Stimme, die geheimnisvolle Kraft,
auf die sechsundzwanzig Knochen in einem Fuß, die vier Dimensionen
des Atmens,

auf Kiefern und Mammutbaum, Eisenkraut und Pfefferminz,
auf Hyazinthen und Riesenfarn

und das angepflockte Maultier an der Eisenbahn,
auf Zitronenduft und den Jungen, der prächtig an die Bäume pisst.

Segne ein jedes Ding auf Erden, bis es erkrankt,
bis jedes ungestüme Herz gesteht: *Ich habe geirrt,*

und doch habe ich geliebt – und was ich liebte,
vergaß ich, was ich vergaß, brachte meinen Reisen Glanz,

zu dir bin ich gereist, so nah, wie ich es wagte, Gott.

THEATERNÄCHTE

Auf der Bühne von Galyas Theater beugt sich eine Frau vor, um ihre keuschen Knie zu bedecken, und zeigt dem Soldatenpublikum dabei die Freuden ihres Dekolletés.

Um sie herum verdunkelt sich die Bühne. Die Puppenspielerinnen zerren einen weiteren strangulierten Soldaten in die Gasse.

Mitten auf der Bühne entzündet Momma Galya ein Streichholz.

Streichholz

UND WÄHREND DIE PUPPENSPIELERINNEN VERHAFTET WERDEN

Stille?
ist ein Stock, mit dem ich dich prügel, ich prügel dich mit einem Stock,
    Stimme, prügel dich,

bis du sprichst, bis du
das Richtige sagst.

DIE SOLDATEN WOLLEN NICHT ALS TROTTEL DASTEHEN

Am Morgen. Jemand kritzelt die Namen der Verhafteten auf eine Liste und nagelt sie an die Wand. Einige Namen sind unleserlich, nur ein Schnörkel, ein Schnauzbart.

Wir sehen Galyas Finger die Liste hinabzittern.

Nachdem alle Frauen der Tednastraße für das verhaftet wurden, *was Galyas Mädchen dem Soldaten Ivanoff angetan haben,* jagt die Armee *für das, was Galyas Mädchen dem Soldaten Petrovich angetan haben, für das, was Galyas Mädchen dem Soldaten Debenko angetan haben,* jeden Morgen einen anderen Laden in die Luft.

Die Straßen leeren sich.

Ein Gemüsekiosk explodiert, eine Tomate fliegt auf uns zu und zerfällt im Wind.

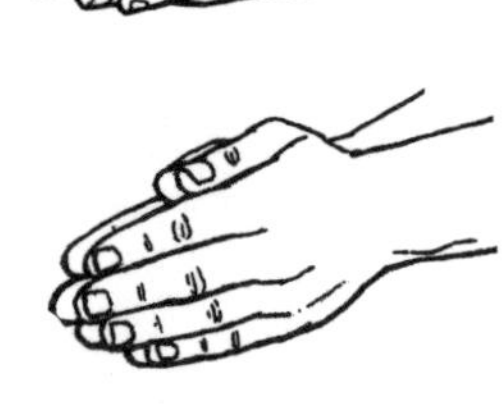

Geschichte

SUCHTRUPPS

Ich bedecke die Augen von Gena, 7, und Yasha, 9,
als ihr Vater für die Durchsuchung die Hose herunterlässt und sein
Fleisch bebt

um ihn herum:
Der fette Bauch der Stille schwabbelt. Die Menge sieht zu.

Die Kinder sehen, wie wir zusehen:
Soldaten zerren einen nackten Mann die Treppe hinauf. Ich bringe den
Händen seiner Kinder bei, aus Angst

eine Sprache zu machen –
sieh, wie uns die Taubheit an unsere Körper fesselt. Anuschka

spricht mit streunenden Hunden, als wären es Menschen,
spricht mit Menschen,

als wären es Menschen
und nicht nur Seelen auf knöchernen Krücken.

Die Einwohner
betrachten die Kinder, aber spüren unter den nackten Sohlen ihrer
Gedanken

den kalten Stein der Stadt.

WIEGENLIED

Ich sehe zu dir, Anuschka,
und sage

zu den letzten
Marienkäfern im Fenster

Guten Morgen, Senatoren!
Dies ist ein Krieg

der all unsere Waffen
verlangt!

ERSCHIESSUNGSKOMMANDO

Sonnenlicht auf den Balkonen. Sonnenlicht auf den Pappeln, auf unseren
Lippen.
Heute wird nicht geschossen.
Ein Mädchen schneidet mit einer Phantasieschere ihr Haar –
die Schere im Sonnenlicht, ihr Haar im Sonnenlicht.
Ein anderes Mädchen stibitzt einem schlafenden Soldaten die Stiefel,
angestachelt vom Licht.
Als die Soldaten aufwachen und uns anstarren, wie wir sie anstarren,
was sehen sie da?
Heute Nacht haben sie fünfzig Frauen in der Lernastraße erschossen.
Ich setze mich hin, um dir zu schreiben und zu sagen, was ich weiß:
Ein Kind erfährt die Welt, indem es sie in den Mund steckt,
ein Mädchen wird zur Frau und eine Frau wird Erde.
Körper, dir geben sie die Schuld an allem, und sie
suchen im Körper, was nicht im Körper ist.

FRAGE

Was ist eine Frau?
Eine Stille zwischen zwei Bombardements.

UND DOCH BIN ICH

Und doch bin ich. Ich existiert. Ich hat
einen Körper.
Wenn Anuschka

meinen Finger
in den Mund nimmt,
beißt sie zu.

Wie soll man in dieser Welt leben, Kind?
Könnte ich dich
hören, was würdest du sagen?

Deine Antwort!

Auf Erden kann man machen
– oder nicht? –,

was man will.

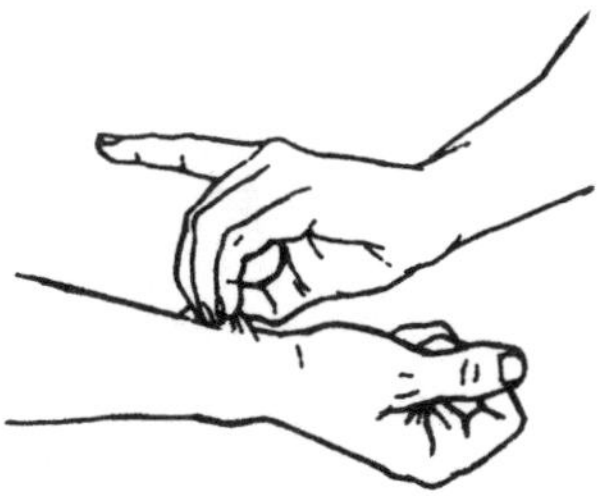

Erde

DER PROZESS

Das Kind wie einen gebrochenen Arm tragend, schleicht Galya über den Marktplatz. Von den gesprengten Gebäuden in der Tetnastraße stehen nur noch Türrahmen. Türen und Puppen, die von den Klinken baumeln, eine für jeden erschossenen Bürger.

Vom Gehweg aus sehen Nachbarn, wie zwei Frauen vor Galya treten. *Meine Schwester wurde wegen deiner Revolution verhaftet,* spuckt ihr eine ins Gesicht. Eine andere packt sie an den Haaren: *Ich brech dir den Schädel auf und mach Rührei draus!* Sie krallen sich Anuschka, dann zerren sie Galya hinter die Bäckerei.

Der Markt füllt sich mit gähnenden Händlern, die ihre Waren auspacken. Die Marktleute fegen. Galya kommt aus der Gasse gestrauchelt, klammert sich erst an einen Nachbarn, dann an den nächsten. Sie rennt der Frau nach, die Anuschka auf dem Arm hat. Sie drängen sie beiseite mit ihren Besen.

Sie schreit.

Sie zeigen auf ihre Ohren.

Taktvoll schließen unsere Leute die Fenster.

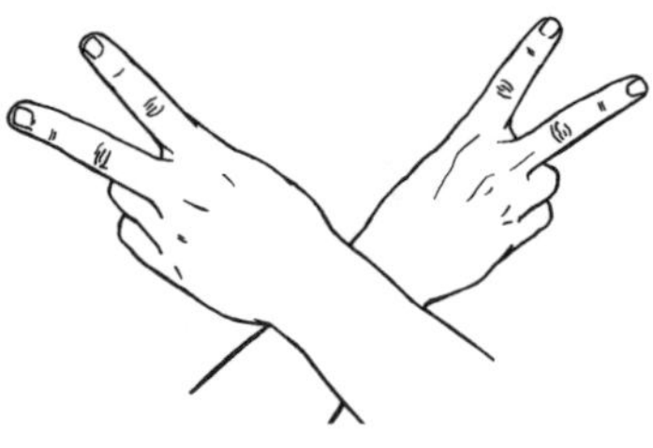

Die Menge sieht zu

VERFOLGT VON DEN MÄNNERN VASENKAS

Wir sehen sie zwischen uns auf der Straße Haken schlagen,
ihr Gesicht ist aufgeplatzt

wie der verklemmte Reißverschluss ihrer Jacke –
Meine lieben Nachbarn!, ruft sie,

Meine lieben Nachbarn! Ihr wunderbaren Dummköpfe!
So ruft sie uns zu.

Grabt ein schönes Loch!
Legt mich mit der Nase nach oben

und schaufelt mir die anständige schwarze Erde in den Mund.

ANONYM

Und was den Sarg von Momma Galya angeht, er verkeilte sich
im Treppenhaus, und wir mussten ihn kopfüber tragen.

Es gab zu viele Leichen und
nicht genug Menschen –
zu viele Ohren, die zu niemandem gehörten.

In so einer Zeit
tut jeder was für unser Land.
Manche sterben.
Andere halten Reden.

Zu viele Leute und nicht genug Hände, um Momma Galyas Körper zu
waschen und ihr die Fingernägel zu schneiden –
der letzte
Dienst
den man in unserem Land erweist.

Heute braucht es
einen Moment, bis ich mich wiederfinde, in diesem Gesicht,

obwohl ich bestenfalls ein Tier bin,
und das Tier, das ich bin, wirbelt

von der Beerdigung bis in meine Küche, ruft: *Zu dir Gott, zu dir bin ich*
gerannt –
in schneeverwehten Straßen stehe ich da wie ein Fahnenmast

ohne Fahne.

UND DOCH GIBT ES NÄCHTE

Unser Land hat kapituliert.

Jahre später werden einige sagen, nichts von alldem habe sich zugetragen; die Läden waren geöffnet, wir waren glücklich und sind zum Puppenspiel in den Park gegangen.

Und doch gibt es Nächte, in denen die Einwohner der Stadt die Lichter abdunkeln und ihren Kindern Gebärden beibringen. Unser Land ist die Bühne: wenn Patrouillen marschieren, sitzen wir auf unseren Händen. *Hab keine Angst,* gebärdet ein Kind einem Baum, einer Tür.

Wenn Patrouillen marschieren, leeren sich die Straßen. Luft leert sich, bis auf das Knarzen der Puppenschnüre und das *Klopfklopf* hölzerner Fäuste gegen die Mauern.

Wir sitzen im Publikum, reglos. Stille saust, wie die Kugel,
die uns verfehlt hat –

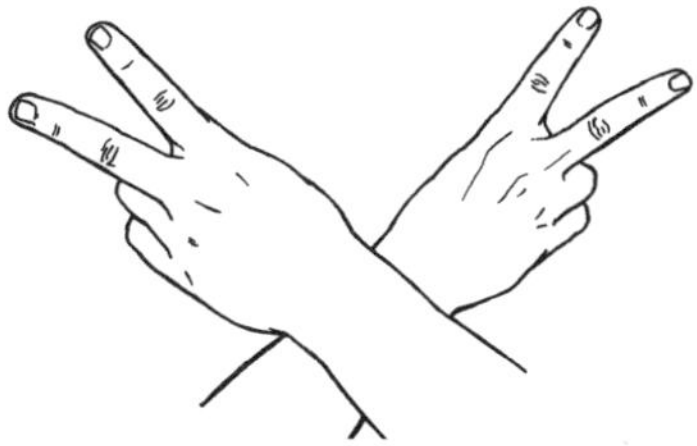

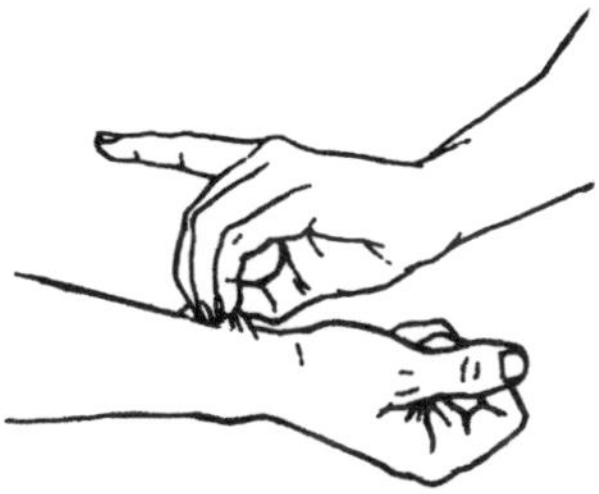

IN EINER ZEIT DES FRIEDENS

Bewohner der Erde seit einpaarundvierzig Jahren
fand ich mich einst in einem friedlichen Land. Ich sehe, wie Nachbarn

ihre Telefone aufklappen, um sich anzusehen,
wie ein Polizist von einem Mann den Führerschein verlangt. Als der
    Mann nach seinem Portemonnaie greift, schießt
der Polizist. Durch das Autofenster. Schießt.

Es ist ein friedliches Land.

Wir stecken unsere Telefone ein und gehen.
Zum Zahnarzt,
um die Kinder von der Schule abzuholen,
Shampoo zu kaufen
und Basilikum.

Unser Land ist eines, in dem ein Junge, der von der Polizei erschossen
    wurde, stundenlang
auf dem Gehsteig liegt.

Wir sehen in seinem offenen Mund
die Nacktheit
einer ganzen Nation.

Wir sehen zu. Sehen
andere zusehen.

Der Körper eines Jungen liegt auf dem Gehsteig genau wie der Körper
eines Jungen –

Es ist ein friedliches Land.

Und es stutzt die Körper seiner Einwohner zurecht
so mühelos wie die Frau des Präsidenten ihre Fußnägel.

Wir alle
müssen noch immer schwere Arbeit verrichten, zum Zahnarzt gehen,
uns daran erinnern, wie man
einen Sommersalat zubereitet: Basilikum, Tomaten, es ist eine Freude,
Tomaten, noch etwas Salz.

Dies ist eine Zeit des Friedens.

Ich höre keine Schüsse,
aber beobachte einen Schwarm Vögel, der über den Gärten der Vorstadt
auseinanderstäubt. Wie klar der Himmel ist,
während die Allee sich um ihre Achse dreht.
Wie klar der Himmel ist (vergib mir), wie klar.

ANMERKUNGEN

Über Gebärden: In Vasenka haben die Einwohner der Stadt ihre eigene Gebärdensprache erfunden. Einige der Zeichen entstammen verschiedenen Traditionen (russische, ukrainische, weißrussische, amerikanische Zeichensprache etc.) Andere Zeichen könnten sich die Bürger bei dem Versuch ausgedacht haben, eine Sprache zu erfinden, die von den Machthabern nicht erkannt wird.

Über Stille: Gehörlose Menschen glauben nicht an Stille. Sie ist eine Erfindung der Hörenden.

DANK

»Wir lebten glücklich während des Krieges« ist für Eleanor Wilner.
»Schuss« ist für Jericho Brown.
»Taubheit, ein Aufstand beginnt« ist für Boris und Ludmila Khersonsky.
»Diese Karte von Knochen und geöffneten Ventilen« ist für Brian Turner.
»Vier Uhr früh, Bombardement« ist für Denis Johnson.
»Eine Zigarette« ist für Serhij Zhadan.
»Erschießungskommando« ist für Garth Greenwell.
»In einer Zeit des Friedens« ist für Carolyn Forché und Patricia Smith.
Alle Liebesgedichte sind für Katie Farris.

/ / /

Ich bin den Herausgebern der folgenden Zeitschriften dankbar, in denen einige dieser Gedichte, oft in unterschiedlicher Form, erschienen sind: Alaska Quarterly Review, The American Poetry Review, The Café Review, Columbia: A Journal of Literature and Art, Cork Literary Review, Gulf Coast, Harvard Review, Image, The Kenyon Review, Lana Turner, The Massachusetts Review, McSweeney's, Ploughshares, Poetry, Poetry Review (UK), Poetry Wales, Runes, Seneca Review, The Shop (Ireland), Spillway, Wolf, und World Literature Today.

Auch bin ich den Herausgebern der folgenden Anthologien dankbar, in denen einige dieser Gedichte erschienen sind: The Best American Poetry (Scribner, 2018), American Journal: Fifty Poems for Our Time (Graywolf, 2018), Resistance, Rebellion, Life: 50 Poems Now (Knopf, 2017), Poems for Political Disaster (Boston Review, 2017), The Mighty Stream: Poems in Celebration of Martin Luther King (Bloodaxe Books, 2017), Liberation:

New Works on Freedom from Internationally Renowned Poets (Beacon Press, 2015), The Wolf Anthology (Wolf, 2012), Sunken Garden Poetry: 1992–2011 (Wesleyan University Press, 2012), Pushcart Prize Anthology (Pushcart Press, 2012), I Go to the Ruined Place: Contemporary Poems in Defense of Global Human Rights (Lost Horse Press, 2010), New Poets of the American West (Many Voices Press, 2010), Between Water and Song: New Poets for the Twenty-First Century (White Pine Press, 2010), 13 Younger Contemporary American Poets (Proem Press, 2009), From the Fishouse: An Anthology of Poems That Sing, Rhyme, Resound, Syncopate, Alliterate, and Just Plain Sound Great (Persea Books, 2009), und die Poem-a-Day Series der Academy of American Poets.

Ich bin den folgenden Personen dankbar, die mir geholfen haben, ein besserer Mensch und Autor zu werden: Kaveh Akbar, Sandra Alcosser, Hari Alluri, Calvin Bedient, Malachi Black, Catherine Barnett, Polina Barskova, Sherwin Bitsui, Jericho Brown, James Byrne, Ali Calderon, Victoria Chang, Adam Davis, Kwame Dawes, Chard DeNiord, Ming Di, Blas Falconer, Carolyn Forché, Katie Ford, Jeff Friedman, Carol Frost, Rachel Galvin, Forrest Gander, David Gewanter, Garth Greenwell, Edward Hirsch, Jane Hirshfield, J. Hope Stein, Lizz Huerta, Ishion Hutchinson, Susan Kelly DeWitt, David Keplinger, Kerry Keys, Suji Kwock Kim, Steve Kowitt, Li-Young Lee, Dana Levin, Jeffrey Levine, James Longenbach, Thomas Lux, Ruth Madievsky, Nikola Madzirov, Dora Malech, David Matlin, David Tomaz Martinez, Philip Metres, Malena Morling, Valzhyna Mort, Mihaela Moscaliuc, Sandeep Parmar, Charles Pratt, Mary Rakow, Tomaz Salamun, Jim Schley, Charles Simic, Peter Streckfus, Susan Terris, Sam Taylor, Katherine Towler, Brian Turner, Jean Valentine, Alissa Vales, Adam Veal, Michael Waters, G. C. Waldrep, Karry Wayson, Eleanor Wilner, Christian Wiman, Adam Zagajewski und Matthew Zapruder.

Unser Dank gilt auch Jennifer Whitten und Gail Schneider für die Überlassung ihrer Kunstwerke.

Dank an die Guggenheim Foundation, die Lannan Foundation, die Poetry Foundation, die Whiting Foundation, MacDowell, das Virginia Center for Creative Arts, das Vermont Studio Center und Tupelo Press für ihre Unterstützung.

/ / /

Tiefsten Dank an Graywolf Press und insbesondere an Jeff Shotts für sein Vertrauen in dieses Buch.

/ / /

Mein Dank gilt Anja Kampmann für ihre Geduld, Klarheit, ihr Talent und ihre unermüdliche Arbeit bei der Übersetzung dieses Buches. Mein tiefer Dank geht auch an Piero Salabè, der von Anfang an an dieses Projekt geglaubt hat.

Die Übersetzerin dankt dem Deutschen Übersetzerfonds für die Förderung und Beatrice Fassbender für einige Ermutigung. Kleine Freiheiten in der Übersetzung wurden zuvor mit dem Autor abgesprochen.

INHALT

ILYA KAMINSKY, geboren 1977 in der ehemaligen Sowjetunion, wanderte 1993 in die USA aus. Er ist ein ukrainisch-russisch-jüdisch-amerikanischer Dichter, Kritiker, Übersetzer und Professor für Lyrik. Bekannt wurde er durch die Gedichtsammlung *Dancing in Odessa* und durch *Republik der Taubheit,* für die er zahlreiche Auszeichnungen erhielt. Sein Werk wurde bislang in über zwanzig Sprachen übersetzt.

ANJA KAMPMANN, 1983 in Hamburg geboren, ist Romanautorin und Lyrikerin. Sie wurde für ihr literarisches Werk vielfach ausgezeichnet, u. a. mit dem Rainer-Malkowski-Preis 2021. Bei Hanser erschien zuletzt ihr Gedichtband *Der Hund ist immer hungrig* (2021).